老NO族 김상호 詩集

마음을 훔쳐봐

老NO族 김상호 詩集
마음을 훔쳐봐

초판 1쇄 인쇄 · 2017년 8월 25일
초판 1쇄 발행 · 2017년 8월 30일

지은이 · 김상호
발행인 · 유광선
발행처 · 한국평생교육원
편　집 · 장운갑
디자인 · 이종헌
사진제공 · 김석태

주　소 · (대전) 대전광역시 서구 계룡로 624　6층
　　　　　 (서울) 서울시 서초구 서초중앙로 41 대성빌딩 4층
전　화 · (대전) 042-533-9333 / (서울) 02-597-2228
팩　스 · (대전) 0505-403-3331 / (서울) 02-597-2229

등록번호 · 제2015-30호
이메일 · klec2228@gmail.com

ISBN 979-11-88393-01-5 (03810)
책값은 책표지 뒤에 있습니다.
잘못되거나 파본된 책은 구입하신 서점에서 교환해 드립니다.

이 도서의 국립중앙도서관 출판예정도서목록(CIP)은 서지정보유통지원시스템 홈페이지
(http://seoji.nl.go.kr)와 국가자료공동목록시스템(http://www.nl.go.kr/kolisnet)에서 이
용하실 수 있습니다.(CIP제어번호: CIP2017019593)

老NO族 김상호 詩集

마음을
훔쳐봐

한국평생교육원

먼 옛날부터 지금까지 생명의 기나긴 강줄기에서 인간
이 수천 년간 우뚝 솟아 도태되지 않은 중요한 원인은 무
엇일까.

그것은 선과 감성을 근본으로 하는 것이 인간정신문화
의 기초이자 시상이 아닐까 생각되어진다. 이러한 감성 어
린 시상은 영혼을 맑게 해주고 보다 감성 짙은 삶을 줄 수
있을 것이다.

4차 산업혁명의 거대한 물줄기 속에 반짝이는 물결은
곧 감성이고 감성은 곧 시상과 시어일 것이다. 이러한 나
만의 아집에서 언젠가 내 인생에 대해 떠오른 시상을 남기
고 싶었다. 그리하여 내 인생에서 가장 중요한 순간이었고
온 정신을 집중해서 모든 것을 빠짐없이 기억에 새겨두려
했다.

이런 의미에서 이번에 첫 시집을 세상에 내놓게 되었다.

사무치는 그리움, 원망, 좌절과 아픔을 통해 새봄 파릇
한 새싹 되어 오월의 장미꽃처럼 정열적으로 녹음 우거진
숲을 만들고, 오래 숙성된 포도주 한 잔에 순백의 마음 담
아 세상과 따뜻한 소통을 하고픈 마음이었다.

그동안 SNS상에 게재했던 글들.

공감도 독자도 많았다.

때로는 그게 시냐고 하는 혹평도 있었다.

최종학벌 초졸 출신에 따로 문학과 시작에 대한 공부가 전혀 없는 사람이다.

그러나 40여 년 이상을 일기를 써왔고 그냥 삶 속에 떠오르는 시상을 적어 본 것이다. 엉터리 괴짜 시인의 글이라고 치부해주면 이 또한 고마울 뿐이다.

처녀작 출간에 격려와 용기를 주신 용혜원, 윤보영, 김종웅 세 분의 시인.

21세기발전연구소 이보규 교수님, 한국평생교육원 유광선 원장님과 한국전뇌학습의 김용진 박사님, 국회나눔포럼 서재균 교수님, 아주대학교 경영대학원 조영호 원장님, 한국멘토교육협회 안병재 회장님, 한국시낭송 선교협회 이강철 회장님, 그리고 봉숭아학당 가족들, SNS 독자 및 페친 여러분들께 감사한 마음 고이 담아 전해 드린다.

노노족 시인 김상호 배상

묶음
하나

老NO族

내 조국

세찬 폭풍우가 다가오고
암흑의 긴 밤이 다시 온다 해도

사랑했으므로

내일은
어둡고 암울한 기운은
어둠처럼 말끔히 지우고
찬란한 아침을 열겠지

이제 다시 스며드는
따스한 온기 속에
꽃망울 틔우고

활짝 핀 무궁화 되리니

조국이여!
찬란하여라!

그리고
영원하여라!

사랑하세요

어느 날
모두가 후회한답니다

왜
더 사랑하지 못했냐고요

언젠가
우리는 보고 싶어도 못 보겠죠
속상하지 않을까요

사랑을 주세요
사랑하세요

드라마

우리 인생은
인과응보에 따른 드라마다

나도 배우
너도 배우

연기에 따라
좋고 나쁜 드라마가 펼쳐지듯
우리네 인생도 돌고 돈다

단역이나 조연이 될 것인가
주연이 될 것인가?

그것은
일상을 얼마나 잘 연기하느냐에 달렸다

그래서
인생을 사랑한다
최고의 연기가 될 수 있게…….

흐르는 게 세월

흘러간다
강물도 구름도 바람도

흘러간다
시간도 생각도 마음도

흘러간다
나쁜 하루도 좋은 하루도

흘러간다
힘들고 아픈 일도 슬픈 일도

이 얼마나
다행스러운가

세월이 흘러가는 건
아쉽기도 하겠지만

새로운 것으로
채울 수 있으니
이 또한 고맙지 아니한가?

어차피
지난 것은 잊혀지고
멀어져 지워지는 것

이게
인생이라 하거늘
탓할 세월도 없지 않은가

오미자차 인생

주룩주룩 내리는 창 너머 빗줄기
바람결에 들이친다

모락모락 향기 없이 피어오르는
오미자차 한잔
분명 삶의 기나긴 땀의 향기이거늘

차 한 잔에 담긴
그 오묘한 맛이 인생인 줄
어찌 맛보지 않고서야 알겠는가

세상의 쓰고 짠맛도 맛보았다
세상의 호된 매운 맛도 보았다
세상에 시리듯 신맛에 치도 떨어보았다

세상에나
이런 달콤함이 있다니

창 너머 내리던 빗줄기
어느새 무지개 되어 피어오른다

나와 함께 동행을

나는
튼튼한 거목이 되련다
나무 같은 나를 믿고
길을 나서자

비바람에 버팀목이 되고
타오르는 더위에
그늘이 되어 준다

그대는
내가 지치지 않게
꽃향기 잃지 않으면 좋겠다

만남

꽃피고 녹음이 짙어지던
아름다운 날
우리의 만남은 인연이었지요

우리는 관계 속에서
아름다움을 느끼고
행복해하고 있지요

나만이 아닌 당신과의
아름다운 존중과 동행이

녹음 짙던 설레임으로 물결을 이루는군요
멋진 동행 속에 뛰는 가슴 안고
당신 곁으로 향합니다

이따 만나요
사랑합니다

말년의 눈물

가족밖에 모르던 사람이었습니다
일터만 바라보고 있던 사람이었습니다

어려운 집안
일으켜 보겠다는
일념으로 동분서주

이제는 일터도
가족도 모두
등 돌리고 없습니다

핍박받는 내 가슴과 작은 육신
차라리 목숨 줄 놓으려 해도
참담한 이 일을 어이할지

울고 싶어도
소리쳐 울 수 없고
하염없이 흐르는 눈물만

실개천을 흐르고
낙동강이 되어
소리죽여 흘러만 갑니다

안개 속

모든 게 안개 속이란다
경제도 정국도 미래도
안개 속은 그래서 부정의 화신이 되어가고 있다

안개는 본질의 사물을 바라보게 하는
서막이고 희망의 미학이다
기다리면 사라진다
조급함이 안개 속에서 헤맬 뿐이다

안개를 느끼고 설레임으로 기다려라
어떤 것을 보게 될지
크고 작은지 오묘한 그 어떤 것이 있는지 말이다

안개 걷힌 하늘을 보았는가
높고 높디 청량한 푸름을 말이다

순간순간

순간순간 이루세요

순간순간 사랑하고
순간순간 최선을 다하고

순간순간을 기억하세요

순간순간이 아름답습니다
순간순간이 희망입니다

이런 순간순간이
곧 인생입니다

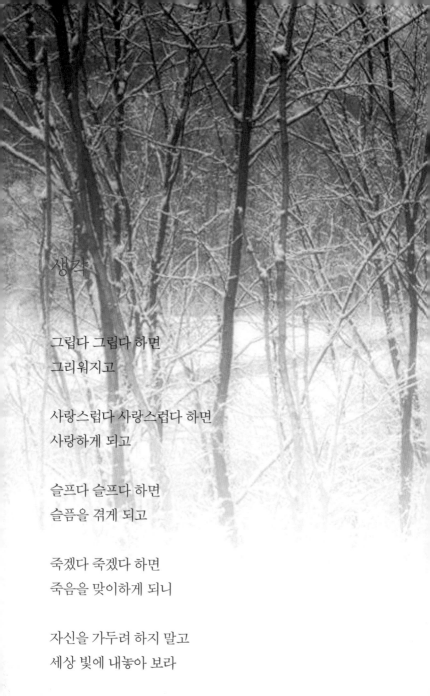

생각

그립다 그립다 하면
그리워지고

사랑스럽다 사랑스럽다 하면
사랑하게 되고

슬프다 슬프다 하면
슬픔을 겪게 되고

죽겠다 죽겠다 하면
죽음을 맞이하게 되니

자신을 가두려 하지 말고
세상 빛에 내놓아 보라

침묵의 세월

눈꽃이 지며
말없이 떠나가는 겨울
그 흐름 속 오묘한 자연의 섭리

기지개 켜며
훈풍 안고
어느새 봄이 오고 있다

계절은 소리 없이 오고가는데
머문 듯 가는 것이
침묵의 세월이라는 언어를 안고 간다

도시의 불빛

네온사인 휘황찬란한 밤
모두가 휘청인다

환상과 거짓 속에서
빠져든다

헐떡대며
숨을 몰아쉬고들 있다

깨어나라
하늘의 별빛이 그립지 않은가

행복은

행복은 어디에
누가 가져다주는 건지

신께서 가져다주는 건가

행복은 당신이 가지고 있지요
상대적이지 말고
절대적인 인생이랍니다

우리는
내 안의 행복을 느껴야 합니다
그것이 참 행복이지요

삶이 고단하더냐

사는 게 힘들고
어렵다 하더냐

과실나무도
꽃이 떨어져야 열매가 맺힌다

창난젓도
내 속을 내놓아
소금과 고춧가루에 범벅이 되어야 되고

옻나무도
껍질에 상처가 나야
옻이 흘러나오는 법

삶이 고단하다고 하지 마라
힘들고 희생이 있어야 하는 것이니

느림의 미학

천천히 느리게
빠름에서는 느낄 수 없는
묘미가 있지요

빠름 속에서 보이지 않던
꼴들의 다양한 것들이 보이지요

인생도 이 같아
빠름을 좇아 서둘러가다
갈 곳으로 가지 못한 수많은 이유를
기억하세요

돋보기의 집중된 한 점에서
종이가 타듯
우리 삶에 불붙일 것을

비움

손에 든 것이든
속에 든 것이든
안에 든 것은
비워야 편한 것

몸이든 가슴이든
비우지 아니하면
병이 되니

될 수 있는 한
비워 두어야 한다

향기

향에는 다양한 냄새가 풍긴다
사람에게도 향이 있다

나는 어떤 향을 갖고 있을까
이로운 향이 되었으면 좋겠다
아름다운 꽃향기, 짙은 커피 향
허브의 향기가 아니라도 말이다

그저
사람다운 향기만이라도
낼 수 있었으면 좋겠다

老NO族

노노족은 노인이 아니다
경험과 지혜가 많은 어른이다
액티브한 시니어다

노노족은 인생의 멘토이다
큰 나무와 같은 버팀목이다

세월이 정성들여 빚어낸
노노족은
이 사회의 큰 어르신이다

그래서 노노족
이래서 노노족!

거울 속 사람

나는 하루를
거울 속의 사람과 시작한다

그는 나에게 날마다
변화하라고 말한다

그리고 격려의 말을
잊지 않는다

더 나은 세상 미래를
만들고 싶다면
나를 돌아보라 한다

그리고 변화를 끊임없이
주문하고 있다

오늘도 거울 속의 사람과
함께 하는 아침이다

시간 여행

흐름의 발끝은
어디일까

시침의 흐름은
멈출 수도 있지만

세월의 흐름은
멈출 수 없다

긴 시간 여행의
그 끝은 어디일까

옹달샘이
실개울 되고 강물 되어
끝없이 넓은 바다로 가는데

나의 시간 여행
끝은 어디란 말인가

깊고 깊은 밤

찬란히 빛을 내는
태양처럼은 아니지만

검은 밤하늘이 있어
초롱초롱 별빛세상 이루네

이렇듯 보이지 않는 곳에서
선한 영향력을 발하니

이 또한 소중함이니
기꺼이 당신을 위한
검고 깊은 밤이 되리라

젊음과 늙음

배움을 멈추는 사람
그는 이미 늙은 사람이라네

새로운 체험에
마침표가 찍히는 날
젊은은 끝이고
인생의 종말 오네

인생의 아름다운 젊음
그것은
사물을 바라보는 끝에
물음표를
떼어내지 않는 것이려니

동심의 호기심 세계로
날마다 찾아 떠나본다

하얀 마음

가지가지마다
활짝 핀 눈꽃

바라보고 있으니
본디 마음이려니

어두운
내 마음도
활짝 밝아오네

세상아
어두운 마음 걷어내고
눈꽃세상 담아가세

시간의 흐름

사람들은
시간의 흐름을 탓한다

인생의 적이 되고 만
흐름의 미학

그래서 세월의 흐름을
부정한다

결국
흐름을 잘 타지 못한
인생 되어
후회만 곱씹고 있다

국군장병

나랏일 위해
155마일 전선
춘하추동 잊은 채

별밤 아래
어머니 아버지 동생 생각

지금은 어느 곳
이름 모를 산중에서
피 땀 흘리는가

부디
건강하소서

이룸

행하지 않으면
나눔은 없고

정 주지 않으면
남이요

배려하지 않으면
불통이니

이 모든 게
사랑이오

지금과 인생

멋진 인생
성공하는 인생

그 비결은
지금이라는 순간이다

지금이라는 이 시간을
어떻게 내 편으로 만드느냐에 따라
내 인생이 결정된다는 사실은 진실이다

착각과 교만

젊어서는 영원한 청춘
그래서 늙지 않을 것 같은

건강할 때는
아프지 않을 것 같은

영원히 살 것 같은
교만과 착각

착각과 교만 속에서
살지 않아야 함이
바로 꼴값이다

소중한 관계

버스를 놓치면
택시라도 탈 수 있지만

좋은 사람을
놓치면

그런 사람을
만날 수 없다

나는 누군가에 선물이고 싶다

선물을 받으면
좋아한다

선물을 기다리는
사람이 되지 말고

내가 선물이 되면
더 좋겠다

어떤 선물이 될까

마음상자 속에
예쁜 사랑을 포장한다

꼴값

이 세상 모든 생명체 사물도
형체가 있고 모양새인 꼴이 있듯

인간 또한 그 꼴이 있으니
어찌 꼴값을 못 하는 처지인가

나라님은 나라님
정치인은 정치인답게
공무원은 공무원답게

기업인은 기업인답게
상인은 상인답게

어른은 어른답게
청년은 청년답게
부부는 부부답게

사람의 됨됨이
꼴값을 해야 하거늘

에헤라
꼴값들 떨고들 있네

비판

건방진 놈
한 손을 주머니에 넣고
상을 받다니

이런 졸업생을 가르친
학교의 동문 가족이라니

글쎄요
동문가족이
안 되었으면
난 이 자리에도 없겠지요

난
한 손이 없는 장애인이지만

당신들과
함께 더불어
갈 수밖에 없는 사람이랍니다

남자는 무엇으로 사는가

사랑을 하기 위해
생을 다 바쳐 사는가

지나간 세월 속에
묻혀서
추억을 돌아보며 사는가

존재감 잃어버린 채
살아가고 있는 건 아닌가

바라왔던 소중한 약속

그것은 함께하는
사랑이라는 두 글자뿐인 것을

새해에 부치며

무엇이 행복한 건지

잘 나가려고
행복해지려고
불행해지는 사람들

때론
욕하고 싶으면 싶은 대로
싫으면 싫은 대로
좋으면 좋은 대로

곡차 한잔 나눌 수 있는 친구
지지고 볶는 가족이 있으면
이렇게 살면 되는 거지

그게 뭔지 아시나요

범사에 감사하며
건강하게
사는 거지요

삶의 여정

어제는 지나갔기에
아름다운 추억이고

오늘은
무엇이든 할 수 있어
감사고 축복이며

내일은
설레임으로
기다릴 수 있어
가슴 벅차오르는 삶이다

묶음
둘

향수

불효자

생각하면 할수록 슬퍼지네
생각하면 할수록 보고프네

그래서 생각을
지우려 한다
그런데도
자꾸 생각이 난다

어찌 해야 하나
생각하면 할수록
그리워지고
생각하면 할수록
눈물이 나네

그래서
생각을 지우려 한다
그런데 자꾸 생각이 난다

어찌 해야 하나
어찌 해야 하나
그래서 난 불효자인가 보다

어버이의 겨울

사뿐사뿐
내려앉은
은빛 세상

뽀드득 뽀드득
지르밟는 소리

고향집
그대로인데

엄니 아부지
대청마루에서
아무 말씀도
미동도 없으시네

지르밟는
발자국 소리에
감기 든다고
두 손 잡아 주시던 엄니

자주 찾아뵙지 못해
토라지셨나

온 대지도
내 마음도
온통 하얀 백지가 되어버린다

빈자리

아버지와 손잡고
시장 갔던 일이 생각납니다

그때 그 붕어빵 맛은
지금도 잊을 수 없는 추억입니다

함께 자전거도 타고
목마도 태워 주셨지요

아버지가 그리워집니다
왜
그리울까요

아버지 빈자리에서
아버지 몫까지 살고 계신 엄니
엄니가 내 곁을 떠나실까
두렵습니다

아버지의 빈자리가
내겐 너무나 큽니다

엄니가 채워 주어도
그 자리는 느껴져요

엄니까지 안 계신다는 것은
상상할 수 없어요

엄니 사랑이 채워진
아버지 자리에서

내리는 빗소리 들으며
아버지를 생각합니다

누름돌

어머니가 김치 독에
누름돌을 가지런히 올린다

누름돌 밑 김치는
숨죽이며
감칠맛 나게 익어간다

어머니는
희생과 사랑으로
자식들 가슴에다
누름돌을 놓았다

불만, 게으름, 못 견딤을 눌러
희망을 갖게 했다

김장독 어루만지고
자식들 걱정하시던 어머니
어머니가 그립다

성급한 나를
지그시 눌러주는 누름돌
어머니처럼
그런 돌 하나 품고 싶다

반성

그래도 되는 줄 알았고
그래도 되는 줄 알았습니다

그게
자녀이고
그게
부모인데

둘 다
모르고 지낼 뻔했습니다

어젯밤

어젯밤
어머니를 만났지요
깜짝 놀라
다가가니

어머님
내 얼굴을
쓰다듬으시네

저 ~면
은하세계에 계시면서도
자식 사랑에
먼 길 마다않고 오신 어머니

가시는 길
노잣돈도 안 받으시고
사랑만 남겨두고 떠나셨네

아시나요

아시나요
맑은 영혼이 흩날리는 이곳을

아시나요
꿈과 희망이 샘솟는
그래서 가슴이 설레는 이곳을

아시나요
하늘이 내린 선녀가 있고
만인의 여인처럼 사랑받는 곳

영원한 에메랄드 빛
마음의 고향
하늘내린 인제

오늘도 고향으로
고향을 앞세워 달리고 있다

문자

불현듯 전해오는
반갑고 익숙한 손길

애비야 잘 있냐
먹는 것 잘 먹고
추운데 따사로이 다니거라

먼 안부 잊은 듯이
울리는 어머니 손길

저 먼 곳
은하세계에서
어머니가 보내온 손길

그리움
메아리 담아
어머니께 보낸다

생신선물

오늘은
어머니 생신
맛난 음식
정성으로 차린 수라상을 드린다

오늘 꿈속에서 만나면
드리려고
따뜻한 털신도 포장했다

차리면서도 그립고
차려 놓고도 그립다

어머니
아~
어머니

굴뚝

석양이 머문 곳
처마 옆 굴뚝에서

아련하게
피어오르는 짙은 향기
그 향기는 어머니의 향기

먼저 떠나신 어머님 위해
따뜻한 밥 한 끼
날마다 굴뚝으로
그리움을 날려 보낸다

시골버스

덜컹 덜컹
뽀얀 먼지 날리며
시골버스가 저만치 보인다

시골버스 오는 정류장에
오빠와 동생들 아버지 기다린다

오일장 가신 아버지
상큼한 막걸리 냄새 풍기시며
양손에 들린 고등어 한손에
흥얼흥얼

그리고 기다려진다
또 다른 보따리가

산 너머 너머

앞동산 올라
어린 시절 혼자 뛰놀던 그때를 생각했네
산길 따라 오르는 험난한 그 길은
집 앞의 앞동산이 아님을 알았지

산 너머 너머
남은 건 허망한 상처뿐일세
함께 간 사람들 생각도 없이
오직 앞서기만 해서 먼저 오르기만 하면 되는 줄 알았지

산 너머 너머는
나에게 크디큰 교훈을 주었지만
오르며 올라 되돌아보니 지식도 깨우치지 못하고
허세만 부렸네

산 너머 산에 아름다움도 입산의 의미도 모른 채
등산만 하느라
편안한 쉼도 느끼지 못하고 지나친 산행이 아쉬워
찾으려 했지만

이제 산 너머 너머
반기질 않아 갈 수도 없는 처지가 되고 말았네

봄은 오는데

얼음 지치던 개울가
버들강아지 반기고
개울가 둔덕 위에는
구수한 향내 내뿜는
냉이랑 달래가 어머니를 기다리는데

고향집으로 향하는 언덕길 언저리
어머니 닮은 진달래꽃
피어오르는 아지랑이
그 속에
어머니 날 반기네

소리쳐 불러보는 어머니!
버들강아지 바람결에 꼬리를 흔든다

그리운 어머니
봄나물 캐러 멀리도 가셨네

오늘 무슨 날인 줄 알아

무엇이 그토록 그리워
몸도 약한데
그 먼 길을 혼자서 갔니
먼 길 가느라 힘들어서
오늘이 무슨 날인 줄도 모르고 말이야

한 아름 꽃송이 안고
아빠가 들려주던 노래 소리에
함박웃음 지우던 그 모습이 생생한데

너의 그 모습 보고 싶어
그리움 가득 담은 꽃 한 아름
생크림 가득한 케이크 바구니
구름 아저씨 편에 보낸다

무상

사람이 늙으면
옛 생각만 나지

지나온 세월
후회의 생각뿐

남은 인생
지나온 세월
곱씹어 보네

인생은 단 한 번
두 번 오지 않음이
안쓰러울 뿐이네

집숭늉

아침이면
항상 함께 하는 너

너의
구수한 격려가
하루를 일깨우고

따뜻한 마음 안고
사람들을 만나니

구수한 냄새가
세상을 구수하게 하네

겨울밤

겨울밤이 깊어가는
동지섣달

엄니의 화로에서
군고구마 향이 익어가고
동치미 함께 하니

옛이야기 듣는다

옛날 옛적에
호랑이 한 마리 살았단다

구들장

눈 내리는 저녁

아버지
장작 패는 소리
산속의 정적을 깨우니

어머니
구들장 불 지피우고
가마솥 냄새가 허기진 배를 채우니

구들장의 따스함이
온몸을 감싸고

도란도란 어머니 아버지 정담에
아름다운 밤의 세계로 떠난다

설날

창밖에는
하얀 백설기로
온통 햇살이 빛나고

모두 모두
차려입은 설빔은
한 송이 초롱이 꽃 같고

도란도란
웃음꽃 더하니

호호 불며 뜨는
떡국에 행복이 넘쳐나네

설 명절을 보내고

작은 말이지만
고생했어요

어깨 위에
다가선 나의 손
살포시 얹어놓는 고마운 손

토닥토닥
정겨운 설 명절이
소박한 행복 주고 가네

명절이 되면

그리워
그리워 사무친다

명절만 되면
그리움을 달래기 위해

반기던
그때 그 사람 없어도
고향집에 가면

그리움 덜어낼까
고향으로 달음질한다

그리운 손길

배가 아파 오면
따스하게 전해오던 손길

엄동설한
정화수 앞에
두 손 모은 손길

늦은 밤
동구 밖 서성이며
내미는 손길

그 따스하고
포근한 손길이

왜 이리도
그리워지는 걸까

아버지

새벽에
별밤에만
움직이시는 도깨비 같은 분

말씀 한 마디 없이
돈 나와라
뚝딱

아버지는
도깨비셨습니다
그래서 무섭기도 하고요

아버지는
외로우셨습니다

제가
다가서질 않았거든요

이제 다가서려 해도
다가설 수가 없네요

쌀눈

내리는 저 눈이
쌀이었으면 좋겠다

엄니 아부지
동생들
배부르게 먹을 수 있겠지

남는 쌀은 떡 만들어
고개 넘어 영남이네
갖다주면 좋아할 텐데

쌀눈이 곳간에
차곡차곡 쌓여만 간다

이런 집 있으면 좋겠다

어릴 적 쏘아올린 꿈처럼
활짝 핀 벚꽃나무
가지가지 속에 둥지 품은
저런 집 있었으면 좋겠다

이른 아침
잎사귀마다 맺힌 이슬이
햇살에 반짝여
생명수 되고

따사로운 해님은
푸른 세상 만들어
지친 육신 쉼 있으리

틈새 사이로 흐르는
구름 한 점
바라보면
근심걱정 없어지려니

형제들아 오너라
함께 살자
부모님 모시고
효도하면서 살으리렸다

머나먼 여행

어젯밤
깊고 긴 여행길

얼마나 행복했는지
모른다

할머니 어머니 동생
모두가 함께 했다

무두가 반기며
모처럼 옛 추억에
도란도란 어느새 새벽이다

언제 다시 만날 수 있는지
약속도 못 하고 와버렸다

군고구마

호호 불다
숯검정이 당신 코에

한바탕 웃으며
나누던 군고구마

비닐봉지에
달콤함 담긴
군고구마

오늘은
어떤 웃음 지을까

그리운 어머니

그리운 어머니

울다 지쳐 잠이 들면
그리운 어머니 만날 수 있을까

허공 속 헤매는
슬픈 나의 그림자
내 그리운 어머니 만날 수 있을까

길 잃은 아이처럼
주저앉아 울고 싶은 마음

목 놓아 울면
그리운 어머니 만날 수 있을까

이 밤 지새우면
꿈속에서라도
그리운 어머니 만날 수 있을까

나의 고향은 하늘

천지가 개벽하듯
귓전을 때리는 수송기의 굉음

외마디 외침이 들려온다
낙하지역 4분 전

탯줄을 끊는다
수송기의 동체로부터
하나 둘
새 생명이 태어난다

오호라
저
하늘에 핀
생명들을 보라

그들의 고향은
오로라 짙은
하늘이 고향이란다

영감

햇빛 그늘진 골짜기
여기저기 드리워져
할머니
불러도 불러도 메아리 되돌아오네

시부모 시동생
일곱 자식 고운 원앙새 되어
보는 이들 부러워하네

먼저 바쁜 길 재촉해 떠난 영감
눈에 밟히지도 않는데
아지랑이 피어오르는 동산에 올라
원망도 없나 보다

그저
자식들 잘되게 해달라고
기억 없는 영감에게 매달리고 있다

어머니의 귀향

오랜 세월 고향을 떠날 수밖에 없었던
어머니의 모진 타향살이
자식들 위해 모진 세월 풍파
몸소 받으신 어머니

세찬 세월이
어머니 얼굴에 깊은 계곡과
굳은 손마디가 대나무 마디 같으네

모진 세파의 세상 벗어나
앞동산 아지랑이 피어오르고
진달래 개나리 만발한 고향으로 향하시는 어머니

이제 고향의 따스한 향기 받으시며
편하게 계세요
세상에서 가장 아름다우신 분
살아생전 잊지 못할 이름이어
어머니 사랑했습니다

묶음
셋

사랑의 마술사

너라는 단어

너라는 단어에
작게 소리 내어 보지도 못하고
크게 외쳐 보지도 못했다

그래서
소리쳐 본다

아주 크게
당신의 귓전에 들릴 수 있게

난
너를 사랑한다

도전

날마다
나는 너를 찾아 떠난다

너를 찾아 떠나는
순간 순간이 여행이고
즐겁게 다닌다

너를 찾을 때마다
나는 너를 껴안는다
춤을 춘다

너는
항상 새로운 모습으로
내게 다가 왔다

그런 네가 좋아
날마다
너를 찾아 떠난다

오늘은 또
어떤 모습으로 만날까?
설레이는 마음 안고
너를 찾아 떠난다

이제야 알았어

내가 왜
이렇게 심장이 뛰는지
이제야 알았어

사랑, 섬김, 나눔, 배려, 존중, 희망, 꿈
그건 나를 네가 알기 때문이야

열정 넘치는
멋진 나를 알고
그런 너와 함께 살아가는 세상

이제야 알았다
심장이 뛰는 이유
심장이 뛰어도 행복한 이유를

아름다운 당신

사랑하는 당신이
내 사랑 확인하기 위해
내 앞에 온 거라고 말해 줄 수 있나요

당신을 닮은 꽃을 보니
당신 생각이 더 납니다

견딜 수 없게 그리워
내 가슴에
꽃을 담습니다

당신으로 담습니다

눈 내리는 밤

함박눈 내리는 밤
창문을 열고 밖을 봅니다

내리는
눈꽃송이 송이마다
추억이 달렸습니다

오늘처럼
함박눈 내리던 날 밤
우리 만남이 있었지요

내린 눈에
하트를 그려두고
사랑한다며
시린 손 꼬옥 잡아준 당신!

아직도
지워지지 않는

그 멋진 밤

내 안에 눈밭 만들어
그대 손 꼭 잡고 걸어가며
사랑한다는 말로
온기를 나누는 밤!

사랑의 마술사

당신을 본 만큼
하나, 둘, 셋…….
하트가 늘어간다

당신은
사랑의 마술사

당신만 보면
아름다운 꿈이 생긴다
심장이 두근댄다

잠에서 깨어
다시 잠들 때까지
당신과 함께하는
행복한 일상

당신은
날 행복하게 하는
사랑의 마술사

빗속을 거닐며

쏟아지는 그리움을
피할 수 없어
종로 거리를 걸었습니다.

빗속에 스며드는
네온 불빛 속에서
당신 모습이 보였지요

네온 불빛 따라 들어가
마주한 와인 잔에
먼저 와 있는 당신!

이 멋진 당신과
영원히 함께하고 싶어
내 가슴 깊은 곳에 당신 모습 담았습니다

여전히 비는 내리고
여전히 당신이 그립습니다

택배

사랑을 가득 담은
하트 상자를
곱게 포장했다

마음까지 전해 준다는
집배원 아저씨!

"정말 제 마음 전해주실 거지요?"

내가 나에게 보내고
내가 나에게 배달하고

두레박

나도 두레박이었으면 좋겠다

날마다
당신의 마음을
퍼 올릴 수 있으니까

그 마음에
내 마음 담고
당신 생각
실컷 할 수 있을 테니까

예감

감을 받을 때마다
느껴지는 감이 있다

무슨 감이냐고?
당신을 좋아하게 될 것 같은 '감'

당신처럼
들에 핀 야생화
씨 뿌림도 없었다
보살핌도 없었다

하지만
아름다운 자태
고운 모습
바라보며 행복을 느낀다

언젠가
내 눈길 사로잡아
내 관심 다 차지하다
사랑이 된 당신처럼

눈이 오는 날이면

눈이 오는 날은
세상이 은빛 면사포를 쓰지요

은빛으로
행복한 마음을 만들고
아름다운 노래를 부르지요

그래서
눈이 내리는 날이면
창밖 장독대에서

드레스 입은 당신 모습
먼저 만나지요

눈이 내립니다
그리움 더하여 내립니다

당신은 명의

오늘이
무슨 날인 줄 알아?

오늘은
내가 앓고 있던
심장병이 완치되었던 날이야

내 심장 속에
당신의 손길이 느껴지는 순간
그때 그 감동

아직도 잊을 수 없지

나이팅게일의 천사
당신을 사랑할 수 있는
그 자체에 행복하게 했던 당신
참 아름다웠지

생일

오늘은 당신 생일
당신이 세상에 나온 날

당신의 생일과 함께해온 지난날
희로애락을 느끼기에 충분했지요

당신의 생일은
그래서 우리 모두의 축복이요
나의 가장 큰 기쁨입니다

이런 당신의 생일에
우리는 축제를 열고 있지요
당신의 생일을 축하합니다

Happy birthday to you!

행복열차

어머니 손잡고
외갓집 가던 그날의 기억은
가슴 깊이 설렘으로 자리 잡고 있다

오늘도
아련한 그 설렘이
밀려온다

사랑하는 이와 가는 열차

행복을
가득 실은 열차가 달린다
내 안으로
내 그리움 속으로

섬 하나

내 마음 깊은 곳에
섬 하나 그려놓았다
아무도 없는 섬

갈매기와 파도소리 들어가며
홀로 핀 꽃
홀로 부는 바람

그게 내 마음일세
당신이 오는 날
기다리는 애틋한 그리움일세

눈동자

당신의 눈을 바라보면
잔잔한 호수가 되고

당신의 눈을 바라보면
에메랄드 빛 보석이 되지요

당신의 눈을 보면
설악산 깊은 곳에 핀 눈꽃송이가 되는데

이 멋진 눈을 가진 당신
내 어찌
이런 당신을 사랑하지 않을 수 있겠소

지금도
당신의 눈망울을 그리며
그 안으로 걷고 있다오

낙엽

노오랑 빛 단풍잎이
곱게 물들었다

누굴 반기려고
이렇게 아름다울까

단풍잎 사이로 바람이 분다
단풍 꽃이 춤을 춘다

단풍잎이 떨어진다
바람에 아름다운 길을 연다

그리움 속에서
당신 만나러 가는 길
사뿐히 지르밟는다

눈이 녹으면

당신은 내게 물었지요
눈이 녹으면 뭐가 되냐고

눈이 녹으면 물이 되는 게 아니고
봄이 온다고 했던 말 기억하나요

왜인 줄 아나요?

당신은 꽃이고
따스한 가슴을 품었기 때문이랍니다

눈이 녹으면
당신의 가슴속에
남아 있으렵니다

일상이 사랑이네

하늘처럼
바다처럼
강물처럼
쌓인 흰 눈처럼

발길 닿는 곳마다
마음 닿는 곳마다

당신 사랑이
짙게 드리워져 있네

구름정원

내 마음에
구름정원을 만든다

채송화, 꽃잔디, 향기 짙은 국화
그곳에
당신이란 꽃도 심는다

보고 싶은 마음
그리운 마음
꽃으로 필 수 있도록

구름정원을 가꾼다

꽃밭

내 마음에 당신이란
꽃밭을 만들었습니다

꽃보다 아름다운 당신
행여 떠날까
가슴에 심었지요

허브 향기 머금은 곳
산들바람 부는 곳
그곳에서 꽃이 됩니다

당신을 볼 수 있게
많이 볼 수 있게
내 마음에 당신을 심었습니다.

다름

조금 불편할 뿐
다르지 않습니다

눈으로 보는 것보다
마음으로 보는 것이
더 아름다울 때가 있습니다.

말로는 전할 수 없어도
행동으로 이어진
마음을 읽을 수 있으니까요

내가 밤거리 등불처럼
마음을 밝혀 기다리는 것은

나를 위해서가 아니라
당신을 위해서입니다

장애가 있다고 해서
다른 사람과 다른 것이 아니라
다름일 뿐입니다

동행

구름은
바람 없인 흐를 수 없고

사람은
사람 없이 인생을 보낼 수 없듯이
당신 없는 인생은 삶이 아닙니다

그래서 당신을
내 마음에 담아
함께 가고 있습니다

사랑하는 사람은

사랑하는 사람의 허물은
백사장 모래 위에 적는 거지요

사랑하는 사람의 고마움은
바위 돌에 새기는 거랍니다

사랑하는 사람의 눈물은
구름위에 얹혀 놓는 거지요

힘들면 비 내릴 때
함께 같이 소담 소담 흘려주는 거래요

그래서
사랑하는 사람들이랍니다

보물

나에게
그대는
계절도
시간도
없습니다

그대는
어느 곳에서나
캐낼 수 있는

마음 따뜻한
보석입니다

그대는
나의 금광입니다
언제나 변함없는
나의 사랑이기 때문입니다

고귀한 이슬

눈가에 맺힌 이슬이
무얼 말하는지 알고 있어
나와 함께한 시간 시간마다
맺힌 이슬인 줄을

당신의 그 아름다운 이슬
따사로운 봄볕에 영롱하게 비치네
이토록 아름다운 그 이슬
고이 접어 간직하리다

그런 날 있지 않나요

무어라고 할 수는 없지만
왜 그런 날 있잖아요

가슴이 설레고 입안에 침이 고이는
그런 날 말이에요

사랑하는 사람을 만날 수 있다는
왠지 그런 날 있잖아요
오늘이 그런 날 되었으면 좋겠어요

카페의 향기

세상에서
가장 향기로운 카페는
당신이라는 카페입니다

당신을 만나기 전부터
당신 그리기만 해도
향기를 느낄 수 있는 카페

나는 오늘도 당신이라는 카페에서
깊은 향기에 취해 봅니다

당신이었군요

당신이었군요
봄바람에 어여쁜 한 송이
꽃을 보낸 사람이
봄바람에 커피향보다 짙은
꽃향기를 보낸 사람이

봄바람에 희망을 보내준 사람이

봄바람에 힘내라는 격려의 편지를
보내준 사람이 역시 당신이었군요

늘 소중한 당신 있어
내 삶은 향기롭고 행복하답니다

진정한 아름다움

꽃에 비유하는 외모는
한 시절에 그치지만

아름다운 꽃 같은 마음은
영원히 지지 않네

세상 모든 꽃들도
서너 일 지나면
시들지만

마음 꽃 한 송이는
평생 향기를 간직하네

난 그런 당신의
진정한 아름다운 향기에
늘 묻혀 있다네

꽃이 진다 해도

꽃같이 아름다운
당신이었지

이제 가을 되어
그 아름다움 절정이 되고

겨울 되어
꽃이 진다고
당신을 잊은 적 없다오

당신의 백설기 같은
달콤하고 하이얀 마음이
더욱 아름답기 때문이라오

그리움 깊은 밤

밝은 하늘
어두움이 드리워질 때
총총히 떠오르는 모습

그 속에서
그리움을 찾습니다

깊어가는 밤
국화 찻잔에 향기를 더해 취하니

찻잔 속에 드리어진
당신 행여 떠날까
향내음 맡으며 바라만 보고 있지요

구절초 당신

나는
구절초 같은 당신이 좋다

청초름한 향기 짙은 꽃
보면 볼수록 빠져드는 묘한 매력

바람에 한들대는 모습 속에서
짙은 향기처럼
느낌이 강함을 느낄 수 있고

부드럽고 분위기 있는 당신의 모습을
볼 수 있어 좋다

그래서 난
구절초 당신이 좋다

당신을 만나면

당신을 만나면
상큼해지고
별빛 세상이 된다

당신을 만나면
숨이 벅차오르고
내안의 모든 걸 토해놓는다

난 그런 당신이 좋아
오늘도 당신을 찾는다

당신을 만나면
행복해지기 때문이다

묶음
넷

청산도

아름다운 세상 속

흐드러지게 물든
오색 단풍잎이
이불로 덮혔습니다

손길 내밀어
이불 속으로 들어갑니다
동심의 세계입니다

화려해서 좋은 것
환희에 찬 인생인가
기분이 참 좋습니다

사시사철 아름다운 모습으로
보는 사람들마다
환희를 느끼게 만들다가
행복한 꿈을 꾸게 합니다

아름다운 세상으로
아름다운 마음으로
떠나는 인생 여행길
함께 떠나 보시지 않으실래요

함박눈

하얀 면사포 쓴 신부처럼
하늘 하늘
휘날리며
우리 곁에 내려온다

반가워 다가가 보니
눈꽃 자태가
더욱 아름다운 신부!

보고 싶은 그대처럼
아름다운 신부가
나의 마음을 감싼

따뜻한 눈빛이
화려하게 담긴다

동지

밤이 되기 전
팥죽을 먹어야 한다는 동지!

동지는
먹은 팥죽이 액운을 물리치고
건강까지 지켜 준다는 절기다

"팥죽 많이 먹어야지."
왜 많이 먹느냐고?

건강하게 지내다가
당신 액운까지 막아주고
사랑의 세레나데를 불러야 하니까

그래서 오늘은
종일 팥죽만 먹어도 좋을 것 같은
행복 예감이다

고백

깊은 계곡 양지녘
이름 모를 들꽃

세상에서 이처럼
아름다운 꽃이 또 있을까

한들한들
머릿결 휘날리는 들꽃
어쩜 이리도 고귀할까

살포시 다가가
귓속말로 속삭인다

들꽃 당신
내 사랑 돼주오

봄비

봄비
나를 깨우는 봄비

부슬부슬 참 고운 모습이
가슴 가득 담기어

내리는 비에
나의 마음도 씻기고 생기가 돋는다

청산도

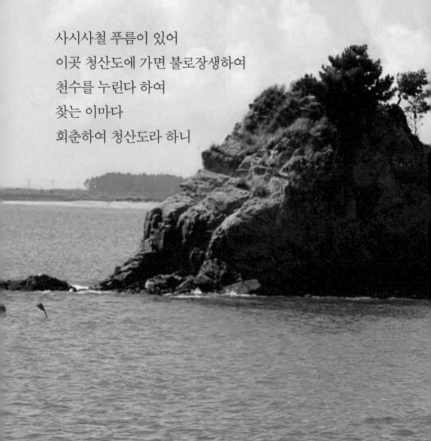

하늘 아래
전남의 주도를 가보았는가
예부터 하늘에서 내려온 신선들이 있어
신선도라 하는 청산도를 말이다
청산에 살으리랏다
고고한 선비들의 풍류가
청산도 푸르른 바다 소리에 어우러져
흥을 돋는구나

사시사철 푸름이 있어
이곳 청산도에 가면 불로장생하여
천수를 누린다 하여
찾는 이마다
회춘하여 청산도라 하니

동트는 청산도 새벽녘
고고한 해송 사이로 비치는 저 빛은
태초의 빛이려니
아하~
신비롭도다

반짝반짝
햇살에 번득이는
뽀얀 백사장은 어찌 이리도 고운고
신선이 지나간 자리라서인지
흐른 발자국도 남질 않으니
이 또한 신선도라 아니 할 수 없도다

하느님 하사하신 청산도!
세계의 귀한 자연유산이노라

봄 처녀 바람났네

하느님도 환희의 눈물을 뿌리시고
다녀가신 길

참았던 꽃 한꺼번에
활짝

개나리, 진달래, 산수유, 철쭉
색깔도 향기도 다른
봄 처녀들의 향연이 아름답다

온 동네 울긋불긋 처녀들 봄나들이에
벌, 나비도 흥겹게 재잘재잘
사랑 나눈다

세 잎 클로버

온 들녘을 다니며
네 잎 클로버를 찾아다닌 적이 있지요

그 얼마나 세 잎 클로버를 짓밟았는지
그때는 몰랐지요

하지만 지금은 마음에서 찾고 있습니다

네 잎의 행운은
결코 행복을 주지 못했으니까요

물처럼

얼음 녹아
산속 계곡에
맑고 시원한 물이 흐르네

내 마음도
봄볕에 녹아
계곡 물처럼 흐르면 좋겠다

그저
물 흐르는 대로
삶도 세상을 거스르지 않고
흐를 수 있으면 좋겠다

언젠가는
저 넓은 바다로 가게 되겠지
더 많은 것을 포용하고
함께 어울려 살아갈 날이 기다려진다

봄 햇살

이 따사로운 봄 햇살 속에서는
그 누구도 어쩔 수 없다
예쁜 꽃들의 향연 속에서
그냥 미소 짓고 활짝 웃음 지을 수밖에는

겨울날
꽁꽁 얼어붙었던 내 마음도
저 따사로운 봄 햇살에 녹을 수밖에는

아지랑이

아지랑이가 피어 오릅니다
순간 눈부터 감고 가슴을 열었습니다

내 안의 당신 불러
함께 피어오르는 아지랑이를
느끼고 싶어서였지요

꽃들과 피어오르는 아지랑이 속에
그대의 모습 놓치기 싫어
눈을 뜨고 싶지 않았습니다

봄의 예찬

이름만 들어도
설레이는 봄
오랜 기다림이었다

그 기다림의 봄
이제 새 생명이 움트고
그 신비로움에 모두가 환희한다

그대는 느끼는가
생명의 신비로움과 위대한 모습을
이 어찌 축복치 않으리

당신의 인고로
아름다운 꽃 들이 세상을 밝게 비추고 숲을 이루어
오곡백과 풍요를 나누어 가니

또 다른 신비로움을 위해
자신을 모두 내려놓고 동토에서
그 인고의 세월을 말없이 지새우는
아~
봄은 사계절의 으뜸이어라

떠나는 겨울

겨울이 내 곁에서
떠날 채비를 하고 있다

따스함을 일깨우고
보듬어 주던 겨울이다

순백의
마음이 내 마음속에서
녹아 내릴까 봐 두렵다

겨울이 내 곁을 떠난다 해도
하이얀 그 순수한 마음만은
가슴 깊은 곳에 잘 간직하련다

봄이 오면

봄이 오면
꽃망울로 단장하고
한 송이 꽃을 피우련다

어울려 피는 꽃들과 함께
아름다운 향기 뿜어
온 누리에 날리고 싶은 마음이다

요양원

아버지
아버지
아버지
아버지
아버지
아버지

어머니는 어디 보내시고

아버지
아버지
아버지~~~~

왜
그곳에 계시나요?
제가 싫어지셨나요

봄바람

봄바람 그대가 그리워
가지가지마다
그리움 이슬 되어
꽃망울 되었네

봄바람 그대 내게 오면
내 가슴 풀어
그대의 품안에 고이 안기리

들녘 햇살

따사로운 해님
빙그레 미소 머금으니

온 들녘의 푸르름이 기지개를 편다
개나리, 진달래, 민들레도 곱게 차려 입고
싱글벙글 웃음꽃 피네

넘실대는 들녘
화사한 모습에
벌과 나비 모여 춤을 춘다

햇살 머금은 들녘 미소에
사랑 넘치는 축제 한마당이 펼쳐진다

희망의 봄

사랑에 빠진 처녀처럼
설레임이 밀려온다

나의 몸 구석구석에
뜨거운 기운 다시 이르고
온 몸이 기지개를 편다

가지가지마다
봉우리 되어 꽃 피우고

세상 모든 이에게
소식 전하련다

희망과 꿈이 있었느냐고
한 송이 꽃이라도 피울 수 있는 그런
기다림과 인고의 노력이 있었느냐고

봄봄

찬바람 불고
하얀 눈송이
가지가지에 머물더니

아지랑이 피어오르고
가지가지 이슬 맺혀
아름다운 꽃 망울 망울 피우네

봄이오니
내 가슴도 망울 망울

꽃송이 맺혀 활짝 피워
그대에게 선물하려
그대를 향하고 있네

동장군을 떠나보내며

먼 길 떠나기에 외롭고 심심할 터이니
부패, 갑질한 자, 매국노와 간통한 자
썩은 정치인들 모두
함께 데리고 가주길 바라네

입춘 맞아 새로운 새싹과
어여쁜 꽃들은 이런 누추하고
사악한 자들과 맞이하기 싫다 하네

새봄에는 역동적이고
깨끗한 싹이 트여 아름다운 세상
되길 위해 누추한 자 남아
봄을 모독치 않기를 바라는
우리이니 꼬옥 데려가길 바라네

동백꽃 당신

엄동설한
당당한 자태

동백꽃은
강함과 포근함이
어머니 품만 같도다

어여쁜 꽃
사시사철 변함 없네

아름다운
동백꽃 당신
살포시 품속에 안기어본다

산의 부활

산이란 공간은
삶의 원천 부모의 품 같은 곳

어찌 등산하여 정복하려 하는가
사람들아

입산하여 품어보아라
깊고 깊은 쉼 얻으리

이는 곧 부활이려니

녹차

오늘처럼 추운 날
찻집에서

그윽한 녹차 향에
젖어본다

청아한 하늘빛 찻잔에서
모락모락 피어오르는

잔잔한 당신의 모습

어쩜
이리도 고울까

바람 부는 날

살을 에는
겨울바람이지만

바람결에 찰랑대는
당신 모습 떠올리게 되어
추운 줄도 몰랐어

개나리

어느 누구는
통한의 눈물이라 하고

세상 호령하는
천둥소리 들었다 했던가

차디찬 추위 견디어내며
노오란 꽃봉오리 만개했건만

세상은 노오란 물결 천지
허망과 슬픔 속에 눈물짓는 사람들

가지가지 촛불 밝혀
간절한 마음 담아 기도하는
노오란 개나리 꽃

눈꽃

여기저기
온 누리 위에 핀 눈꽃

눈꽃을 볼 때마다
당신을 보는 것 같아

우리 처음 만난 날도
눈꽃 세상이었지

눈꽃 피는 날이면
날마다
당신 생각에
가슴이

촉촉이 젖어
그리움 더하네

눈이 내릴 때면

함박눈 내리는 날이면
향기 짙은 커피향 맡으며

눈빛 아래 녹아드는
촉촉한 향수에 젖고

가끔은 고향 동구 밖
어릴 적 모습을 기억해내는

눈처럼 깨끗한
동심을 간직한
중년이고 싶다

당신과의 아름다운 동행

눈이 내릴 땐
우린 포근한
손길이 되었고

비가 내릴 때면
당신에게로 내 마음 흐르고
꽃 필 때면
당신의 향기는
나에게로 흘러

나는 당신에게
당신은 나에게로

오직 이 세상
단 한 사람으로

서로의 가슴에

단풍잎 되어
남아 있습니다

눈이 내리는 밤

함박눈이 펄펄
내리는 밤

창문을 활짝 열어
밖을 내다본다

창문 넘어
눈꽃송이 송이마다
주렁 주렁 추억이
영글어 들어오네

눈 내리는 밤
우리 만남이었지

기억나
함박눈 하트 그리며
사랑한다며
시린 손 꼬옥
잡아준 당신이었지

아직도 잊을 수 없는
눈 내리는 밤

창 넘어 두 손 꼬옥 잡고
사랑해

귓불이
따스해 온다

사월의 향기

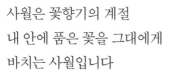

눈부시게 아름다운 사월
온 동네 처녀들 꽃봉오리
활짝 피어나듯
당신의 입가에도 웃음꽃
활짝 피어나니 더한 아름다움입니다

사월은 꽃향기의 계절
내 안에 품은 꽃을 그대에게
바치는 사월입니다

사월에는
가슴 가득 향기를 품고
그대의 가슴 깊은 곳에 스며들겠습니다

사월에는
날마다 날마다
웃음꽃 활짝 피워
미소 향기 바람에 띄워
그대에게로 보내겠습니다

사월에는
일 년 중 버킷리스트를 점검하는
시간으로 가장 소중한
당신의 사랑 부족함이 없었는지
되돌아보겠습니다

사월에는
늘 그랬던 것처럼
내가 더 사랑하며 행복한 달로
보내겠습니다

사월로의 초대장

사월에 초대합니다

가장 역동적인 지금
이곳에서 함께 축제의
열기를 느껴보세요

아름다운
봄 처녀들의 꽃의 향연이 펼쳐지는 곳

아름다운
봄 처녀들의 활짝 핀 함박웃음이
당신을 유혹합니다

아름다운
봄 처녀들의 향기를
당신의 가슴에 짙게 드리워 드리지요

아름다운
사랑이 싹트는
벌과 나비들의 무도회가
여러분의 가슴을 심쿵하기에 충분한
축제의 장입니다

아름다운
사월의 축제는
행복의 시간 속으로 당신을 안내하지요

설레임

하루에도
여러 번씩 바라본다
보고 또 보고 시계만 바라본다

째각 째각 시계바늘 소리는 설레임만 더한다
시간이 이렇게 느린 줄 미쳐 몰랐다

당신을 만나기 전
햇살 뜨거움에 얼굴이 붉어진다

무슨 말을 할까?
안녕?
잘있었어?
아픈 데 없었지?
그동안 예뻐졌네

아니야, 사랑해! 그리고 꼬옥 안아줄까?

봄비 내리는 밤

봄비가 내리는 밤거리
주적주적 소리가
내 마음속에 울린다

비바람은
옷깃을 추스르게 하고

허전한 가슴은
그리움 더해진다

퇴근길
언제나 시끌벅적한 포장마차
그리움을 토해낸다

봄비 내리는 밤거리
오늘도 깊어만 가고 있다

라일락 피는 4월이면

촉촉한 봄비가 내리는 날
내 가슴에도 촉촉하게
스미는 당신의 따스한 그 느낌

봄비가 촉촉이 스미는 4월의 어느 날
내 가슴에는 라일락 꽃 피듯
그대를 향한 사랑이 주렁주렁

이제 봄비가 그치고 나면
주렁주렁 라일락 꽃 짙은 향기가
온 누리에 우리 사랑 소문내겠지

새들 지저귀는 노래 소리에
벌 나비들 모여
우리 사랑 축복하고
라일락 짙은 향기에 사랑 빠져 버리네

봄비의 향기

촉촉하게 봄비가 내린다
따가운 햇살에 목말라하는
그대를 위해서인가 보다

봄비가 오고 나면
온 누리에는 광명의 빛 찬란하여
그대와 어우러지는 아름다운 세상

누가 노래했던가
아름다운 세상
그대를 위해서 말이다

아
아름다움 향기 그윽한
싱그러움의 향기여

여름이 오면

온 대지가 용솟음치는 것을 보면
내가 함께 있다는 것이 설레임이다
내 나이가 무슨 문제이런가?
나는 이 여름에 함께 있거늘

여름의 강렬한 빛에
녹색의 푸르름은 더욱 짙어만 가는
원숙한 젊음의 향연장이 되고
여름의 열정은 풍성한 결실을 약속할 것이다

여름의 정열적 뒷자락에는
시원한 바람과 계곡의 물소리가
나를 반기지 아니한가

여름이 성큼 다가오고 있다
여름이 오면
흠뻑 적셔 보련다

묶음
다섯

인생 시간

태양

오호라

저 태양의 힘찬 모습
어쩜 넌 이리도
불같은 사랑을 하는가
내 모습을 닮았구나

날 닮은 태양아
사랑과 함께
끓어 오르는 희망을
어두운 깊은 숲속
그곳에도 비추어 주려무나

상대적 인생

타인들의 인생 좇아 사는 인생
숨만 차오르고

나를 용서하지 못하니
타인도 사랑하지 못하네

죽어서 천당 가려 하면
살아생전 죄 짓지 말고
죄 사함 받아야 하거늘

어찌 어찌
자존심 보따리 끌어안고
상대적 인생을 살고들 있는지

내 인생 절대적인 것을 말이다

야유회 가는 길

할 말도 많다
웃음도 많다
심장을 울리는 경쾌한 음악
좁은 차 안에서 마냥 신난다

찐 계란 과일로 봄 소풍 분위기
차창 밖으로 푸르름 한껏 물 오른 나무들
벚꽃 개나리 진달래 과수꽃들이
하늘하늘 넘실대며 유혹한다

고속도로에는
빵긋 빵긋 미소 머금은
저마다의 형형색색 차들이
야유회 가는 길

저마다 아름다운
추억 속으로 달려간다
기분 좋은 야유회 가는 날
세상이 아름답기만 하다

추억 속의 여행길

잠에서 깨어나고 싶지 않았다
당신과 함께한 여행길

추억의 여행길
당신과 함께여서 행복했다

지금도
그 추억 속으로 여행을 한다
당신과 함께한 봄의 여행길을

당신의 모습 떠날 것 같아
잠에서 깨어나고 싶지 않은 아침이다

인생 시간

이제 50
정오를 알리네

아직도 가야 할 먼 길
이제야 반나절일세

하프타임을 통해
잠시 쉼을 가져본다

오후 시간은
또 어떤 즐거움이 있을까

오후시간이
기다려진다

사람이 살아가면서

인생 살아가는 데 어떤 법칙이 있나요
그저 순응하며 살아가는 게지요

그러니
어떻게 살아가느냐고
굳이 묻지 마세요

저기 하늘을 보세요
푸르른 하늘에 떠 있는 구름
두둥실 두둥실
그저 바람 부는 대로 흘러가지만
얼마나 여유롭고 자유로운가요

저 구름같이 바람에 실리어 그냥 그렇게 살아가면
되는 게 아닐까요
슬플 때는 구름이 비가 되어 내리듯
그냥 눈물 되어 물처럼 흘러버리면
되는 거지요

남들은 저렇게 사는데 하고
부러워할 필요도 없지요
누구에게나 근심걱정도 있답니다

신도 그렇듯이
이 세상에 완벽이란 존재하지 않다고
하지 않나요?

제주의 구멍 뚫린 돌담은
강한 바람에도 쓰러지지 않은 것처럼
말입니다

때로는 바보처럼
때로는 부족한 사람이 되어 보는 것도
틀린 인생이 아닌 다름의 인생이겠지요

난 바보

실실 웃기만 한다고
남에게 내어주기만 한다고 바보래

자식자랑
슬픈 영화에 눈물 보인다고 바보래

공처가
부엌에 들어간다고 바보래

남에게 사랑받으려
예쁜 짓만 한다고 바보래

남과 잘 지내기 위해
조금씩 양보하는 날 바보래

사는 게 힘들 때
마음 비우고 내려놓는 내가 바보래

즐겁게 살려고
웃고 사는데 바보래

하는 일마다
미친놈 같다며 바보래

그래서
주변에 사람이 많은 건가?

난
정말 바보

난
바보가 아니다

난
천재다

이 나라

세찬 폭풍우가 다가오고
암흑의 긴 밤이
다시 온다 해도

사랑했으므로

내일은 찬란한 햇빛이 비추어지고
어둡고 암울한 기운은
비추는 햇살에 거두어지네

이제 모락모락 피어오르는
따스한 온기 속에

꽃망울 틔우고
활짝 핀 무궁화 되리니

조국이여
찬란하여라

그것이 알고 싶다

날마다
날마다
꿈속에 당신이 오는 건 왜일까

국화향 짙은 찻잔에
당신이 있어
향내음 맡으며
바라만 보고 있는지

핸드폰 액정만 보면
온통 당신의 흔적만 남아 있는지

그 흔적을 볼 때마다
심쿵해지는 건 왜일까

이런 게 사랑인가
그것이 알고 싶다

지금 이 순간

흐르는 세월
거절할 수 없고

흐르는 시간
멈추게 할 수는 없지만

흐르는 세월과 시간 속에
숙성된 귀한 포도주처럼

숙성되어 가는
지금 이 순간을

즐겁고 행복하게
만들어 가는 인생

오늘이 좋은 날입니다

이런 세상

세상이 아우성

금수저는
흙수저의 무능을 탓한다

흙수저는 금수저의
무임승차를 탓하고

금수저는
노력하면 된다고 하고

흙수저는
땀흘려 되는 세상이 아니라고 한다

금수저
흙수저
무엇이
이들을

흥분케 하는가

특수훈련

땀과 눈물의 산악 유격과
살을 에는 혹한기 훈련
두려움 속의 공수낙하

암흑천지와도 같은
깊은 심해

불의와 맞서기 위한
대테러 훈련의 긴장 속

적지에서 살아 돌아오기 위한 생존
그리고 국토종단 훈련인 천리행군

어느 곳 어느 때 어떠한 임무도
수행할 수 있도록 하기 위한 특수전

이런 극한과 고도의 훈련을 받을 때마다
내가 무슨 생각을 했는지 알아

특수부대의
안 되면 되게 하라는 신조로
반드시 이겨내어
당신의 품으로
돌아가리라는 생각뿐이었지

지금
당신의 깊고 깊은 품으로
돌아올 수 있어서
자랑스럽기도 하지만

당신과 영원한 사랑을 할 수 있어
행복할 뿐이야

생명

세상의 그 어떤 존귀함도
생명만 하겠는가
해와 달 보석보다도 더 귀한 것임을

사는 게 생명을 위함이거늘
유일무일의 존재이니
날 나아주신 님이여
님의 텃밭에 희망과 꿈의 씨앗을
뿌리리요

고갯길

나만이 가야 하는 길
사랑도
기쁨도
서운도 했지
아픔도 있었지
슬픔도 함께였지

사랑도 미움도
지나온 고갯길
저 멀리 저만치
함께 묻어 버리네

지나온 세월
후회스럽고
아쉬움도 크지만
이게 내가 가야 할 길이었네

남자가 되기 위해

남자가 되기 위해
하늘과 바다도 찾았고
입산도 했다

남자가 되기 위해
군대도 다녀오고
무엇보다
사랑 학교에 입학했다

이제 곧
나도 남자다

돌담

돌담이 바람에 무너지지
않는 것은 틈이 있기 때문이지요

바람의 길을 막아서지 않는 돌담
굳이 바람은 돌담을 허물 이유도 없지요

신도 완벽하지 않은데
사람 되어 완벽할 필요 없지요

돌담같이 여기저기 빈틈이 있어
사람 냄새 솔솔 새나오는 사람이 되어 보는 건 어떨까요?

빈틈을 만들어
돌담에 바람 스며드는 것처럼
사람이 사람에게 스며들 수 있도록
사람 냄새 풍기는 그런 사람 되어 보아요

앨범

나는
당신만의 소중한
앨범을 갖고 있지

내 마음속에
아름다운 모습을 담은
영원한 앨범을

언제 어디서나
당신 보고 싶을 때

당신 모습 바라보며
날마다
당신을 만나고 있지

잔

상큼한 향기 담아 놓는다
당신과 나누는 시간을 위해

사랑 머금은 잔
당신 한 모금
나 한 모금

오늘도
사랑향기 머금은 잔
당신을 위해서

내 마음 가운데 잔을 놓는다
당신이 마시기 편하게
내 마음에 담는다

나의 멘토님

항상 먼저 손 내밀어
따스한 온기를 전해주는
당신이 고맙습니다

힘내라는 말 대신
힘을 주는 당신이 내겐 큰 힘이 됩니다

기다려 주고
동행해준 덕에
외롭지 않아 고마왔습니다

부족함이 많은데도
가르쳐 주기보다는 알려준
당신이 존경스럽습니다

어버이와 같은
고운 당신이 있어
삶이 더욱 향기로와지는군요

삶에 고마운 분
가슴속에 당신 심어
영원히 잊지 않으려 합니다

사랑한 사람

소주 한잔
생각나는 이 밤
같이 있는 것 같아요

마치 처음같이
한 자리에 있는 것 같아
눈물이 어리네요

그땐
내가 이기적이었지요
늦었지만 미안해요

어디에 있나요
잘 지내고 있으리라 믿어요
행복을 빌어줄게요

사랑한다고 하면
나쁜 사람이겠지요
그래도
사랑해요

당신이란

언제나 좋은 벗
평생 친구
추억과 그리움의 벗

설악산 깊은 골
맑은 샘물과도 같아
푸르른 수리취 향기 머금은 당신

당신의 해맑은 눈빛이
내 가슴을 파고들어
살포시 눈을 감아보네

꿈속에서도
활화산처럼
떠오르는 당신의 모습

행복미소 머금은 당신
난 그런 당신에게 인질이 된다

커피 한 잔

눈보라가
매서운 바람과 함께
흩어지는 어두운 밤거리

두툼한 군상들 속에서
옷깃을 여미여 봅니다

따끈한 커피 한 잔이
생각나는 이 순간

향기롭고 따스한
당신과의 추억이 피어오릅니다

나에게 당신은

아름다움 품고
맺어진 마음

가슴으로 언제나
따스하게 반기고

같은 눈으로
같이 바라볼 수 있어서
행복한 시간들

소중한 영혼마저도
주고 또 주어도
아깝지 않은 것

그것은
희망이고 생명이었고
사랑이어라

사랑의 비밀

사랑을 받는 사람은
행복할까요

사랑만 받는 사람은
사랑의 기쁨을 느낄 수 없지요

사랑 주는 사람이
사랑의 기쁨과 행복을
느낄 수 있답니다

이것이 바로
사랑의 비밀이지요

겨울 이야기

눈밭에 그려진
발자국이

그대 흔적을
꺼내게 하네

매 겨울
눈 내리는 날

발자국
그리워
따라가니

하얀 추억의 그리움만
소복이 소복이
쌓여만 가네

내가 줄 수 있는 것

내가
당신에게
줄 수 있는
최고의 행복이
무엇인 줄 아시나요

언제나
변함없는
마음입니다

나의
마음은
당신 바라기
태양 같은 사랑이랍니다

떠나는 사람

떠나야 할 사람이 있다면
더 사랑해주는 사람이 되어봅시다

더 많이 사랑했다고
부끄러워할 것은 없습니다

나를 떠나
드넓은 바다와 같은 곳에서
사랑 주는 사람이 될 것입니다

나도
누군가로부터
사랑받고 떠나지 않았나요

은하수가 된 촛불

오로라 은하수 세계가
한반도에서 비추네

우주가 아닌
인간이 만들어낸 은하수

세계의 경이로움을
자아낸다

온 하늘을 수놓은 촛불
누가 풍전등화라 했는가

은하수 오로라 되어
동화세상 되었네

청춘의 향연

청춘은
인생의 어느 기간이 아니다

풍부한 상상력
타오르는 정열
두려움 없는 용기

안락한 유혹을
극복하는 모험심

씩씩한 의지를
간직하는 한

언제까지나
젊음을 유지하는

청춘의 향연은
그대의 것이다

노노족 김상호 시인의 마음을 훔쳐라

노 ☞ 노력해서 성공했다 최고강사 최고시인

노 ☞ 노노족의 그참뜻은 영원토록 청춘이다

족 ☞ 족보보니 경순왕손 명문자손 분명하네

김 ☞ 김씨가문 빛내어서 가문영광 이루었고

상 ☞ 상호간에 시적으로 의사소통 정말좋다

호 ☞ 호의적인 그성품은 만인들이 칭송하네

시 ☞ 시내용은 모두감동 그향기가 온누리에

인 ☞ 인상또한 지적이라 인기만점 행복하네

의 ☞ 의리진실 나눔베품 그정신은 귀감일세

마 ☞ 마음육체 영혼까지 시성으로 힐링되네

음 ☞ 음덕쌓아 후대에게 필유다경 영원하리

을 ☞ 을의정신 상대배려 소통으로 만사형통

훔 ☞ 훔치는건 상대마음 주옥같은 시상으로

쳐 ☞ 쳐다보면 그얼굴이 고귀인품 정말멋져

봐 ☞ 봐란듯이 출간시집 노벨상을 수상하네

노노족 김상호 님의 시화집 출간을 축하드립니다.
큰 꿈이 꼭 이루어지길 기원합니다.

세계전뇌학습아카데미 회장
교육심리학 박사 김용진

김상호 시인의 '마음을 훔쳐봐'는 우선 시가 이해하기 쉽다. 그리고 재미있다. 그의 시를 한 편 한 편 음미하고 한 장 한 장 그림을 감상하다 보면 뭔가 '젖어오는' 게 있다. 평소 느끼지 못하고 있는 '나 자신속의 나'를 느끼게 된다. 사사로운 것도, 늘 내 곁에 있는 평이한 것도 사실은 결코 사사롭지 않은 것이고 결코 평이하지 않은 것이다. 그것을 이 시집은 우리에게 가르쳐 준다.

아주대학교에서 MBA를 전공해서인지 시집을 보면서 또 한 번 느끼게 되는 건 경영학도답게 마음을 다스리는 셀프리더십 또한 뛰어나다는 것을 알았다. 4차산업의 혁명이라고 하는 이 시대에 사실 사람들의 메말라가고 있는 문학과 감성이 중요하게 요구되어지는 시대이고 보면 이런 인간냄새 흐르는 아름다운 시어를 통해 우리네 인생이 풍요롭고 사람다운 꼴값을 할 수 있도록 해준 김상호 시인을 누가 신인 작가라고 할 수 있을지? 그는 분명 타고난 작가임에는 틀림이 없는 것 같다.

— 아주대학교 경영대학원 원장 **조영호**

김상호 님의 삶의 스토리를 듣고는 놀라움 그리고 애잔한 감사가 올라왔던 적이 있다. 어려웠을 텐데 잘살았다고, 용기 있게 잘하셨다고 박수 갈채를 보내고 싶었다. 그는 어려운 상황에서도 가족을 위해, 아우들을 위해 살았으며 또한 군에서 늦은 나이에 학업에 몰입해서 교수 및 여러 기관의 강사로 엑티브하게 활동하고 있다. 따뜻한 심장과 마음이 있는 김상호 시인은 삶의 연륜과 열정을 고스란히 시에 담아냈다.

김상호 님의 시는 촛불처럼 마음을 녹여주며 잔잔한 미소를 짓게 한다. 아울러 담백한 그의 시는 많은 이들을 따뜻하게 담아준다. 또한 열정 있는 따뜻한 시는 사람들로 하여금 삶에 애착과 열정을 더하게 한다. 감사하다.

— 향기시인 **김채연**